El barbero que quería orar

B&H Publishing Group
Nashville, TN 37234

Diseño de portada : Josh Dennis
Ilustración de portada : T.Lively Fluharty
Traducción diseño de portada : B&H Español
Traducción al español : Ministerios Ligonier

Director editorial: Giancarlo Montemayor
Editor de proyectos: Joel Rosario
Coordinadora de proyectos: Cristina O'Shee

Clasificación Decimal Dewey: C248.3

Clasifíquese: ORACION / BARBEROS / LUTERO, MARTIN

ISBN:
978-1-0877-6888-5

Impreso en Shenzhen, China
1 2 3 4 5 * 25 24 23 22

EL BARBERO
QUE QUERÍA ORAR

R.C. SPROUL

B&H
ESPAÑOL

NASHVILLE, TN

Todas las noches a la hora de la cena, don Carlos reunía a su familia para hacer el devocional. Don Carlos y doña Ana tenían seis hijos: dos niños y cuatro niñas. Sus nombres eran Daniel, Raúl, Mariel, Clara Elisa, Denise y Samanta.

Cada noche, don Carlos tenía por costumbre leer una porción de la Escritura y dar una breve explicación de lo leído. Luego, le pedía a cada uno de los niños que recitara de memoria versículos de la Biblia y que respondieran a las preguntas del catecismo. Para finalizar, don Carlos dirigía a la familia en oración. Cada uno de los niños participaba de la oración a su manera.

Una noche, justo después de terminar el devocional cantando uno de sus himnos favoritos, una de las hijas de don Carlos y doña Ana, Denise, comentó:

—Papá —dijo—, tus oraciones son hermosas. A veces quiero llorar de alegría cuando te escucho orar. Pero mis oraciones parecen tan simples y débiles. Casi me da vergüenza orar en voz alta. Papá, ¿puedes enseñarme a orar de una manera que agrade a Jesús y me haga sentir más a gusto?

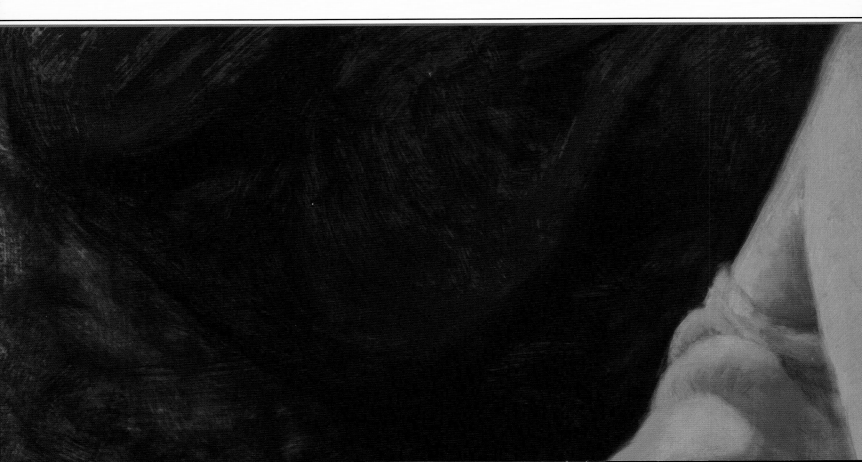

Don Carlos sonrió. —Entiendo cómo te sientes, Denise —dijo—. Cuando era más joven, me sentía exactamente igual. No estaba seguro de cómo orar. La única oración que sabía cuando tenía tu edad era la de acción de gracias antes de comer:

Dios es grande, Dios es bueno;

Le damos las gracias por este alimento.

Ah, sí, también sabía una oración antes de dormir:

Ahora me acuesto para dormir

Y ruego al Señor que mi alma guarde

Si no despierto y he de morir,

Le ruego al Señor que mi alma salve.

Pero fuera de esas dos oraciones sencillas, lo único que podía decir en oración era: «Querido Dios, por favor bendice a mamá y a papá, y a mi hermano y a mi hermana, y al tío José y a la tía Susana». Entonces mi abuelo me contó una historia que lo cambió todo para mí. ¿Te gustaría escuchar la historia?

—Sí, claro que me gustaría —dijo Denise.

Los otros niños, que habían estado escuchando la conversación entre Denise y su padre, también asintieron con entusiasmo. Así que don Carlos les contó a sus hijos esta historia.

Érase una vez, en un pueblo al otro lado del mar, un barbero. Todos en el pueblo lo conocían. No solo les cortaba el pelo a los hombres y les afeitaba la barba, sino que podía hacer todo tipo de cosas que la gente necesitara. Los habitantes del pueblo lo llamaban simplemente «maestro Pedro».

Una mañana, uno de los hombres del pueblo llegó para afeitarse. Maestro Pedro le puso una toalla alrededor del cuello para evitar que los bigotes cayeran sobre su camisa, le puso jabón a la barbilla, sacó su navaja y comenzó a afeitarlo.

Mientras el barbero afeitaba al hombre, la puerta se abrió y entró un cliente nuevo a la barbería. Maestro Pedro reconoció a aquel hombre de inmediato, pues era un delincuente famoso. El emperador de la nación había prometido una gran recompensa para quien pudiera capturarlo, vivo o muerto. Maestro Pedro sabía que las autoridades se llevarían a este hombre si podían atraparlo.

C uando el maestro Pedro terminó de afeitar al primer caballero, lo despachó; luego, le indicó al delincuente que tomara asiento.

—Me gustaría un corte de pelo —respondió el delincuente— y que me afeite la barba.

—¿Qué puedo hacer por usted hoy, señor? —preguntó el maestro Pedro.

Maestro Pedro comenzó a cortar el pelo del hombre, recortándolo cuidadosamente. Luego le puso jabón en la cara a fin de prepararlo para afeitarlo. Pedro sacó su navaja y, mientras la afilaba en la correa que va junto a la silla de barbero, sus manos empezaron a temblar al pensar en la importancia del hombre que estaba sentado en su silla. Se tranquilizó y comenzó a afeitarle la cara, bajando desde las mejillas hasta la barbilla y el cuello. La navaja de Pedro hacía presión muy suavemente contra el cuello de aquel bandido. Todo lo que Pedro tenía que hacer era presionar con fuerza la navaja y cortarle la garganta, matándolo al instante. Entonces Pedro podría ir al emperador y decirle que se había encargado del delincuente, y podría reclamar la recompensa, la cual lo haría rico.

Sin embargo, mientras su navaja se deslizaba por el cuello del hombre, el maestro Pedro pensó dentro de sí: «No hay dinero suficiente en todo el mundo que me haga matar a este hombre. Él es mi héroe».

Maestro Pedro conocía la historia del hombre que estaba en su silla. Había sido un monje, luego un caballero y ahora era un profesor en la universidad del pueblo de Pedro y era mundialmente famoso. El mundo había sido transformado y toda la iglesia estaba mejor porque el reformador había sido lo suficientemente valiente como para defender la verdad del evangelio de Jesús de una forma que nadie lo había hecho desde los días de los apóstoles. Nadie tenía tanto valor como él.

14

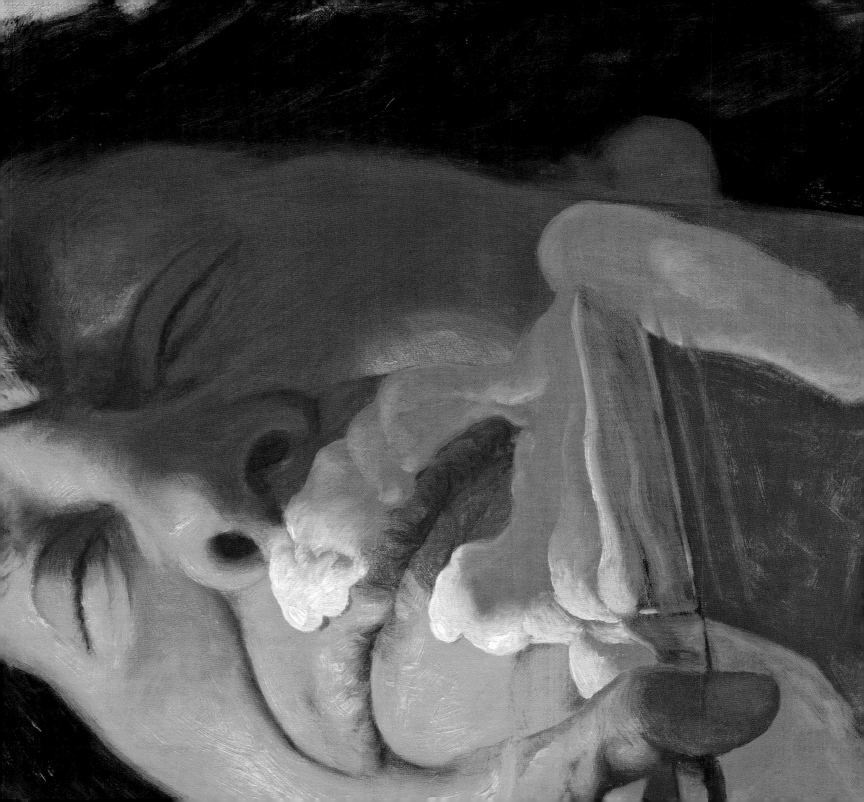

El nombre del delincuente en la silla era Martín Lutero, el hombre cuya protesta dio inicio a la Reforma protestante y rescató el evangelio de la oscuridad. Pero como sus enseñanzas habían molestado a algunas de las autoridades, incluyendo al propio emperador, los que se oponían a él habían convencido al emperador de desterrar al profesor Lutero. Ahora querían capturarlo y quemarlo en la hoguera.

Pero la gente que había descubierto la verdad del evangelio de Jesús gracias a las enseñanzas de este hombre, lo amaba tanto que prefería dar su vida antes que verlo capturado y ejecutado. El barbero del Dr. Lutero, el maestro Pedro, era una de esas personas. Pedro nunca traicionaría a su héroe.

De repente, a Pedro se le ocurrió una idea. Había estado teniendo problemas para orar, y el Dr. Lutero era famoso por su vida de oración. Decidió pedirle consejo al Dr. Lutero mientras lo tenía allí, sentado en la silla de su barbería.

—Dr. Lutero, sé quién es usted —dijo Pedro—. Es un privilegio para mí tenerlo hoy en mi barbería. Me pregunto si puedo hacerle una consulta.

—Por supuesto, que sí —dijo el Dr. Lutero—. ¿En qué puedo ayudarte?

—Tengo un problema —dijo Pedro—: Intento orar todas las noches, pero a veces siento que mis oraciones no pasan del techo. Sé que usted ora muchas horas todos los días. Probablemente no hay nadie que sepa orar mejor que usted. Dr. Lutero, ¿cree que pueda ayudarme a aprender a orar mejor?

—Esa es una excelente pregunta, amigo mío —respondió el Dr. Lutero—. Mis alumnos me hacen preguntas muy profundas todo el tiempo sobre Dios, la Biblia y la vida de iglesia, pero rara vez me preguntan sobre cómo crecer como cristianos. Nada me hace más feliz que saber que quieres orar de una manera más profunda. Permíteme regresar a mi estudio y pensar en ello, y tal vez pueda escribir algunas ideas que te ayuden a orar más eficazmente.

—Gracias, Dr. Lutero —dijo Pedro. Luego, terminó de afeitarlo rápidamente.

Cuando el Dr. Lutero regresó a su estudio, tomó su pluma y comenzó a escribir instrucciones para el maestro Pedro. El Dr. Lutero escribió más de cincuenta libros a lo largo de su vida, pero tal vez su libro más pequeño y breve fue el que escribió especialmente para su barbero, el maestro Pedro. En este libro, el Dr. Lutero explicó su método para orar. Llamó al pequeño libro *Una manera sencilla de orar*.

Cuando terminó el libro, el Dr. Lutero volvió a la barbería y le dio el primer ejemplar al maestro Pedro. Este no podía creer que el gran Martín Lutero se hubiera tomado el tiempo de escribir un libro solo para él, para que pudiera aprender a orar.

El Dr. Lutero dijo:

—Para empezar, debes aprender tres cosas de memoria. La primera es el Padre nuestro, la segunda son los Diez Mandamientos y la tercera es el Credo Apostólico».

Luego, el Dr. Lutero continuó explicando que una vez que Pedro supiera estas cosas de memoria, podía utilizarlas como ayuda para orar.

—Por ejemplo —dijo el Dr. Lutero—, empieza orando a través del Padre nuestro.

—¿Quiere decir —preguntó Pedro— que lo único que tengo que hacer es orar el Padre nuestro todas las noches?

Padre nuestro que estás en los cielos,

santificado sea tu nombre.

Venga tu reino.

Hágase tu voluntad,

así en la tierra como en el cielo.

Danos hoy el pan nuestro de cada día.

Y perdónanos nuestras deudas, como también

nosotros hemos perdonado a nuestros deudores.

Y no nos metas en tentación, mas líbranos

del mal. Porque tuyo es el reino y el poder y la

gloria para siempre jamás. Amén.

—No —dijo el Dr. Lutero—, no es eso lo que quiero decir. Eso es algo maravilloso, pero lo que quiero decir con orar a través del Padre nuestro es hacer algo como esto: Piensa en la primera petición del Padre nuestro: «Padre nuestro que estás en los cielos, santificado sea tu nombre». Cuando pienses en estas palabras, permite que tu mente y tu corazón presten atención muy cuidadosa a lo que significan y deja que te lleven a una oración más profunda. Di la primera línea de la oración y luego comienza a orar así:

Oh Dios, me resulta difícil creer que estás realmente dispuesto a ser mi Padre celestial. En nuestra familia, tenemos a nuestro padre, a quien amamos, pero tú eres el Padre de todos nosotros, aquellos que ponemos nuestra fe en Jesús. Esto es porque Jesús es tu Hijo, y porque a través de Él nos has adoptado en tu familia, que tenemos el privilegio de orar a ti como nuestro Padre. Sabemos que no tienes una dirección aquí en nuestro pueblo, sino que resides en el cielo mismo. Tú no eres nuestro padre terrenal, eres nuestro Padre celestial; y eres el dueño del mundo entero. Es maravilloso que tengamos un Padre que es dueño de todo y a quien puedo acudir en mis oraciones.

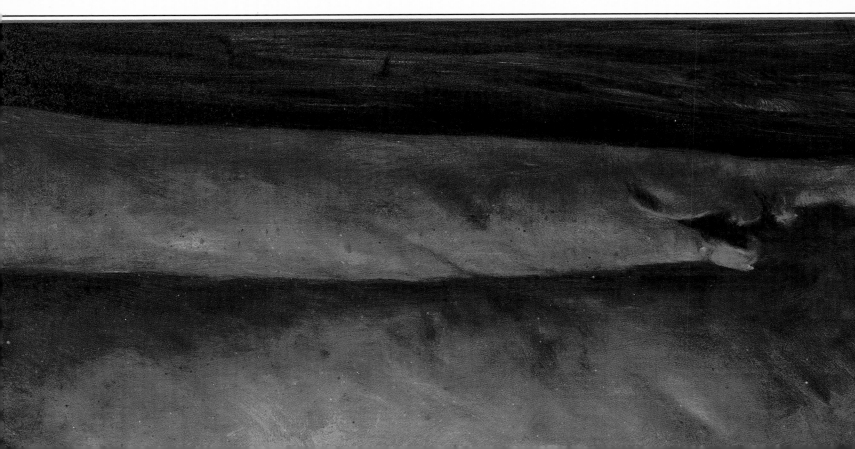

Jesús nos enseñó a decir: «santificado sea tu nombre».

Padre, ayúdame a entender que no hay nada más importante en mi vida ni en mi oración, que rendir reverencia y adoración a tu nombre. Señor, guarda mi lengua, para que nunca use tu nombre de manera insensata o corrupta, sino que cuando hable de ti y cuando piense en ti, mi corazón sea movido a respetarte y adorarte.

¿Entiendes lo que quiero decir con orar a través del Padre nuestro? —le preguntó el Dr. Lutero a Pedro—. Puedes orar a través de estas partes del Padre nuestro todos los días y nunca hacer la misma oración dos veces. Puedes meditar en una porción y prestarle atención, y tus oraciones estarán más llenas de emoción y gozo.

Luego el Dr. Lutero dijo:

—Ahora piensa en orar los Diez Mandamientos. El primer mandamiento dice: «No tendrás otros dioses delante de mí».

Puedes orar algo así:

Señor Dios, sabemos que el mundo está lleno de gente que adora ídolos y estatuas, que cree en muchos dioses y, sin embargo, tú y solo tú eres Dios. A veces hay cosas en mi vida que pongo antes que a ti, cosas que se convierten en mis ídolos. Perdóname cuando hago esto. Ayúdame a no permitirme tener otros dioses ante tus ojos.

—¡Ya veo lo que quiere decir! — dijo el maestro Pedro muy emocionado.

El Dr. Lutero sonrió.

—Puedes repasar cada uno de los Diez Mandamientos de esa manera —dijo— o puedes enfocarte en el Credo Apostólico. Empieza con: «Creo en Dios Padre Todopoderoso»; cuando pienses en eso, considera el poder que Dios tiene, la fuerza que despliega. Nuestros hijos piensan que nosotros, como padres terrenales, somos tan fuertes que podemos hacer cualquier cosa. Pero somos completamente débiles comparados con Dios, porque Él es todopoderoso, y nosotros lo amamos no solo por lo que Él puede hacer por nosotros, sino por quién Él es.

Así podemos orar y orar y nunca cansarnos de orar. Nunca se nos acabarán los motivos para orar si nos concentramos en el Padre nuestro, en los Diez Mandamientos y en el Credo Apostólico. El maestro Pedro no tenía palabras para agradecerle al Dr. Lutero por haberle enseñado el secreto para orar de una forma sencilla.

Cuando don Carlos terminó su historia, dijo a sus hijos:

—¿Ven por qué cada noche, durante nuestros devocionales quiero asegurarme de que aprendan el Padre nuestro, los Diez Mandamientos y el Credo Apostólico? A partir de ahora, en nuestros devocionales, cuando oren, les voy a pedir que practiquen orar de la forma sencilla que el Dr. Lutero le enseñó a su barbero.

—Gracias por contarnos esa historia, papá —dijo Denise—. Ya quiero que llegue el momento de probar la forma de orar del Dr. Lutero. De hecho, ¿podemos tener otro devocional esta noche para que podamos probarla?

—¡Oh, sí, papá, por favor! —dijeron los demás niños.

Don Carlos estaba encantado de ver el nuevo interés de sus hijos por la oración.

—Vamos a orar —dijo con una sonrisa.

LOS DIEZ MANDAMIENTOS

1. No tendrás otros dioses delante de mí.

2. No te harás ídolo, ni semejanza alguna de lo que está arriba en el cielo, ni abajo en la tierra, ni en las aguas debajo de la tierra. No los adorarás ni los servirás; porque yo, el SEÑOR tu Dios, soy Dios celoso, que castigo la iniquidad de los padres sobre los hijos hasta la tercera y cuarta generación de los que me aborrecen, y muestro misericordia a millares, a los que me aman y guardan mis mandamientos.

3. No tomarás el nombre del SEÑOR tu Dios en vano, porque el SEÑOR no tendrá por inocente al que tome su nombre en vano.

4. Acuérdate del día de reposo para santificarlo. Seis días trabajarás y harás toda tu obra, mas el séptimo día es día de reposo para el SEÑOR tu Dios; no harás en él obra alguna, tú, ni tu hijo, ni tu hija, ni tu siervo, ni tu sierva, ni tu ganado, ni el extranjero que está contigo. Porque en seis días hizo el SEÑOR los cielos y la tierra, el mar y todo lo que en ellos hay, y reposó en el séptimo día; por tanto, el SEÑOR bendijo el día de reposo y lo santificó.

5. Honra a tu padre y a tu madre, para que tus días sean prolongados en la tierra que el SEÑOR tu Dios te da.

6. No matarás.

7. No cometerás adulterio.

8. No hurtarás.

9. No darás falso testimonio contra tu prójimo.

10. No codiciarás la casa de tu prójimo; no codiciarás la mujer de tu prójimo, ni su siervo, ni su sierva, ni su buey, ni su asno, ni nada que sea de tu prójimo (Ex. 20:3-17).

EL PADRE NUESTRO

Vosotros, pues, orad de esta manera: «Padre nuestro que estás en los cielos, santificado sea tu nombre. Venga tu reino. Hágase tu voluntad, así en la tierra como en el cielo. Danos hoy el pan nuestro de cada día. Y perdónanos nuestras deudas, como también nosotros hemos perdonado a nuestros deudores. Y no nos metas en tentación, mas líbranos del mal. Porque tuyo es el reino y el poder y la gloria para siempre jamás. Amén» (Mat. 6:9-13).

EL CREDO DE LOS APÓSTOLES

Creo en Dios Padre Todopoderoso,
Creador del cielo y de la tierra.

Y en Jesucristo, Su Hijo unigénito, Señor nuestro;
Que fue concebido por el Espíritu Santo,
Nació de la virgen María;
Padeció bajo Poncio Pilato,
Fue crucificado, muerto y sepultado;
Descendió a los infiernos.
Al tercer día resucitó de entre los muertos;
Ascendió a los cielos;
Y está sentado a la diestra de Dios Padre Todopoderoso;
Desde allí ha de venir a juzgar a vivos y muertos.

Creo en el Espíritu Santo;
La Santa Iglesia católica; la comunión de los santos;
El perdón de los pecados;
La resurrección del cuerpo;
Y la vida eterna. Amén.